# WERTHER

## A CHARLOTTE,

### HÉROÏDE,

Par M. le Chᵉʳ LABLÉE.

NOUVELLE ÉDITION.

A PARIS,

Au bureau du journal LE DIMANCHE, rue Montmartre, n°. 13.

Chez PICHARD, libraire, quai Conti, n°. 5]

Et chez les Libraires du Palais-Royal.

1824.

# WERTHER

## A CHARLOTTE,

### HÉROÏDE,

Par M. le Ch<sup>er</sup> LABLÉE.

NOUVELLE ÉDITION.

A PARIS,

Au bureau du journal LE DIMANCHE, rue Montmartre, n°. 13.

Chez PICHARD, libraire, quai Conti, n°. 5

Et chez les Libraires du Palais-Royal.

1824.

# AVERTISSEMENT.

Les Lettres du suicide Werther, qui auraient suffi pour faire à Goëthe une grande réputation, ont eu en France, comme en Allemagne, un succès prodigieux.

Ce roman, si l'ouvrage en est un, est écrit avec tant de vérité, qu'il a acquis le caractère imposant de l'histoire.

J'ai tâché, dans cette épître, d'être compris par les personnes qui n'ont pas lu les Lettres. Voilà cependant ce que je crois nécessaire de faire connaître.

Werther a vu Charlotte pour la dernière fois; il l'a vue dans l'absence d'Albert, son mari. Emporté par sa fatale passion pour une femme vertueuse qu'il a toujours respectée, qui l'aime, et qui ne s'est unie à un autre que d'après des convenances sociales, mais enfin qu'il sait ne pouvoir posséder, il a osé couvrir ses lèvres de baisers; il en a reçu l'ordre de ne plus la revoir, et le conseil de voyager. Son parti est pris, il veut mourir. Sous le prétexte d'un voyage, il a fait demander les pistolets d'Albert qui dit à Charlotte de les donner. Avertie par un pressentiment, elle hésite; l'ordre est répété, elle obéit.

Werther était trop près de la nature pour n'être pas un ardent ami de la liberté. J'ai dû lui conserver ce caractère. Secrétaire d'ambassade, il s'est trouvé un moment dans une société particulière de nobles allemands ; une femme aimable l'avertit qu'il n'y est pas vu avec plaisir. Il se retire, et cette aventure l'a rendu plus sombre et plus mélancolique.

Quoique cette héroïde ait paru dans un temps où l'on s'occupait peu de poésies, elle a eu, dans son succès, une sorte d'éclat. On peut s'en convaincre en revoyant les journaux du temps qui en ont rendu compte. Les lettres les plus flatteuses m'ont été adressées à son sujet par des hommes au suffrage desquels j'attachais un grand prix.

Je suis loin de croire qu'elle sera aujourd'hui accueillie aussi favorablement. Depuis quelque temps de jeunes auteurs ont élevé le talent poétique à un degré tellement supérieur, que je m'abuserais étrangement si je me flattais de faire après eux quelque sensation.

Les motifs qui me font reproduire cet ouvrage importent peu au public. J'en ai eu la première idée à l'impression que récemment m'a paru causer sa lecture. De nombreuses fautes dans l'édition qui en avait été publiée il y a près de trente ans, auraient pu suffire pour me déterminer à en publier une nouvelle.

# WERTHER A CHARLOTTE.

Werther est dans son cabinet, auprès d'une table sur laquelle sont des livres, un vase de fleurs, des lettres, des pistolets. Il a sous les yeux le portrait de Charlotte. Minuit est l'heure à laquelle il a résolu de se donner la mort.

Après tant de projets, tant de vœux superflus,
Charlotte, j'ai fixé mes pas irrésolus :
Lorsqu'au soleil naissant s'ouvrira ta paupière,
Werther ne sera plus qu'une froide poussière.

Que la nature en pleurs se couvre d'un long deuil !
Son fils infortuné va descendre au cercueil.
De tous mes sentimens elle a reçu l'hommage ;
Je l'admirai surtout dans son plus bel ouvrage.
Charlotte ! objet céleste ! ah ! lorsque ton devoir
Te défend d'écouter mon amour sans espoir,

Tes conseils, mes combats, l'ont rendu plus terrible.

Qui pourrait modérer l'élan d'un cœur sensible?

Un amour malheureux s'alimente d'erreurs,

Et ses désirs trompés se changent en fureurs.

Sous un ciel embrasé, dans une immense plaine,

Sans pouvoir la saisir je suis une ombre vaine.

Haletant, épuisé par un dernier effort,

Dans un autre univers je cherche un autre sort,

Je veux mourir. Le son de ta voix si touchante,

Quand tu me dis de fuir, me glace d'épouvante.

Ah! ne m'impose point la loi de l'amitié;

Je ne peux supporter le poids de ta pitié.

Mon courage est éteint, et mon âme est flétrie;

Le dégoût m'accompagne au banquet de la vie;

Je veux mourir. L'instant qui t'offrit à mes yeux

M'annonça le bonheur que promettent les cieux.

Autour de moi tout prit une forme nouvelle;

A tout ce que j'aimais je devins infidèle :

Ton image partout se plaça devant moi;

Mes goûts, mes vœux, mes soins, se portèrent vers toi;

Je ne respirai plus qu'au sein de ta retraite;

Nos jeux calmaient l'ennui de mon âme inquiète;

Tu ne me cachais point tes plaisirs, tes douleurs;

Je pouvais y mêler et ma joie et mes pleurs :

Et j'irais, poursuivant de brillantes chimères,
Porter sur d'autres biens mes regards adultères !
Signalant sur mon front ma honte et mes revers,
J'égarerais mes pas dans un monde pervers,
Où le vil intérêt, plus fort que la nature,
Est seul des actions la règle et la mesure ;
Où, soumis en esclave à d'arbitraires lois,
L'homme pour de faux biens a vendu tous ses droits ;
Où le vice triomphe, où l'intrigue prospère,
Où la vertu languit au sein de la misère,
Où le charlatanisme, heureux et couronné,
Insulte aux longs soupirs du génie enchaîné,
Et, pour lui seul ouvrant les sentiers de la gloire,
Proclame sans pudeur sa facile victoire !
Ton amant attendrait son destin d'un coup d'œil
De ces prétendus grands, pleins d'audace et d'orgueil,
Qui dans leurs volontés n'éprouvant point d'obstacles,
De la vérité sainte ont proscrit les oracles ?
Le dirai-je ? en leur cercle on me vit un instant ;
Ma présence y fit naître un murmure insultant :
Il eût fallu du sang pour assouvir ma rage,
Mais ces grands savent-ils réparer un outrage ?
Cet affront, je l'avoue, est resté sur mon cœur ;
Je veux mourir : la tombe est pour moi sans horreur.

Mourir ! de cet espoir l'infortuné s'enivre ;

Mais que disent ces mots mourir, cesser de vivre ?

Au moment où j'écris plein de force et d'amour,

Dans une heure, de toi séparé.... sans retour....

La mort, profond abîme où notre esprit se plonge,

Ressemble aux noirs tableaux que nous offre un vain songe,

Et ce mot, effrayant par son lugubre son,

Si l'on veut le saisir, égare la raison.


Un voile épais dérobe à notre intelligence

L'origine et la fin de l'humaine existence.

Voyez-vous ces guerriers sur la terre étendus ?

Ils poursuivent encor l'ennemi qui n'est plus.

Si dans leur sang glacé leur âme était éteinte,

Sur leurs livides fronts brillerait-elle empreinte ?

Cet enfant qui du jour n'a pas vu la clarté,

Par divers souvenirs n'est-il pas agité ?

Une amie enchaîna ma première jeunesse ;

Elle mourut : cédant à ma sombre tristesse,

Je suivis le cercueil jusqu'au sein des tombeaux.

Le son du triste airain, et les pâles flambeaux,

Et les sanglots mêlés aux funèbres cantiques,

L'écho les prolongeant sous des voûtes antiques,

Tout dans un nouveau trouble avait jeté mon cœur :
Mais, Charlotte, comment te peindre ma terreur,
A ce moment cruel où, se comblant de terre,
Résonne sourdement l'asyle mortuaire?
Le bruit devint plus sourd, tel que dans un lointain,
Le bruit, encor plus sourd, ne fut plus qu'incertain.
Seul et ne voyant rien au delà de ma perte,
Sur les bords exhaussés de la fosse couverte,
Je tombai tout à coup tremblant, inanimé.
Ah! pour sentir ces maux, il faut avoir aimé!
Mais ces sons, ces apprêts, ces images funèbres,
Ont laissé mon esprit flottant dans les ténèbres.
Non, Charlotte, la mort ne peut se concevoir.

Rappelle-toi ce jour et d'alarme et d'espoir,
Où de jeunes amis l'élite rassemblée
Par l'orage un moment vit sa fête troublée.
Dans ce désordre heureux si propice à l'amour,
Mon cœur s'ouvrit à toi; tes beaux yeux à leur tour
M'offrirent du chagrin l'expression plaintive :
Le nom d'Albert sortit de ta bouche craintive :
Ta main était promise. O regrets! ô douleurs!
Tu ne pouvais parler, tu me donnas des fleurs.

La nuit je fus long-temps prosterné devant elles,
Mais ces impressions ne sont point éternelles ;
Tout disparaît, les fleurs, la beauté, les regrets,
Un véritable amour ne s'éteindra jamais.
Non, l'âme que ma bouche aspira sur tes lèvres,
Cette soif de jouir, ces dévorantes fièvres,
Sources de voluptés ainsi que de tourmens,
Où s'avivent les cœurs des malheureux amans,
Enfin ce que l'on sent de plaisirs et d'extase,
Quand par de longs baisers on s'enivre, on s'embrase,
Tout cela ne craint rien ni du temps, ni du sort ;
Ne point aimer, voilà le signe de la mort.

Tu le sais, oui, malgré ton austère sagesse,
Tes soins pour me guérir d'une fatale ivresse,
L'impérieux amour a blessé ta raison :
Tu t'abreuves aussi de son cruel poison ;
Oui, tu m'aimes ; en vain ton devoir en murmure :
Ah ! peut-on résister au vœu de la nature ?
Peut-on mettre à la vaincre une aveugle vertu ?
Elle parlait ; je meurs pour avoir combattu.

Laissons nos préjugés, ton hymen fut un crime,
Le nœud que tu formas ne fut point légitime,

Albert, lorsque deux cœurs, l'un vers l'autre attirés ,
Sont unis par l'amour, ces liens sont sacrés.
Quels autres intérêts , quels pouvoirs et quels titres
Peuvent de leurs destins devenir les arbitres ?
Peut-on les séparer sans offenser le ciel ,
Sans se rendre à la fois et vil et criminel ?
Non, d'indiscrets sermens, ni les mœurs, ni l'usage
Ne légitiment point un barbare esclavage.


Je vais donc expier le forfait de nos lois !
Expier ! qu'ai-je dit ? Je rentre dans mes droits.
La mort aux vrais amans ne peut être fatale :
De la terre et des cieux franchissant l'intervalle ,
Ils meurent pour renaître au sein des voluptés.
Dieu qui vit mes tourmens m'appelle à ses côtés.


Je te baise cent fois, arme libératrice
Que Charlotte toucha de sa main bienfaitrice :
Je te tiens d'elle-même. Elle a tremblé, dit-on :
Elle a tremblé ! pourquoi ? De sa triste prison
L'infortuné captif, s'il le peut, se délivre ;
Un autre infortuné n'aspire qu'à le suivre.
O Charlotte ! Werther t'attendra dans les cieux :
Pense à moi, sois tranquille, et qu'Albert, plus heureux,

Ecarte loin de toi de sinistres nuages.
Je vais te présenter de plus douces images.

Ecoute : Je dormais de mon dernier sommeil :
Un songe du printemps m'offrait toût l'appareil ,
Un air calme, un ciel pur , des fleurs et de l'ombrage.
Des sites variés , un riant paysage ,
Ornaient le cercle étroit du tranquille horison.
Mollement étendu sur un lit de gazon ,
Des arbres et des champs j'admirais la parure ,
D'un ruisseau fugitif j'écoutais le murmure ,
Lorsqu'aux sons enchanteurs de divers instrumens
Le vallon se remplit de fortunés amans.
Figure-toi leurs jeux, leurs naïves caresses,
Leurs reproches légers , leurs rapides promesses.
Impatient, je vole au sein de leurs plaisirs ,
A leurs soupirs brulans je mêle mes soupirs ,
Je t'appelle : bientôt tu parais à ma vue,
Belle de ces attraits dont le ciel t'a pourvue ,
Mais plus brillante encor d'amour que de beauté.
De nos embrassemens conçois la volupté !
A lui-même rendu , sans voile , sans alarmes ,
O! dans son abandon que l'amour a de charmes !

Nous enlaçons ños bras, et marchons à pas lents
Dans un air embaumé, sous les dais transparens
Que forment avec art de légères guirlandes.
Et de fleurs et de fruits les modestes offrandes
Obtiennent pour retour un timide baiser.
Tumulte de nos sens, qui pourrait t'apaiser ?
Des chants harmonieux bientôt se font entendre ;
Et quel concert jamais fut plus doux et plus tendre ?
J'éprouvais tour à tour à ces nouveaux accords,
Ce qu'amour irrité peut causer de transports,
Et ces frémissemens, ce trouble, ce délire
Qu'on voudrait prolonger et qu'on ne peut décrire.

Dans les sentiers fleuris de ces magiques lieux
Nous laissons s'égarer les couples amoureux ;
Nous suivons au hazard une route secrète ;
Un bosquet odorant nous offre sa retraite.
Là dans un seul désir nos vœux sont arrêtés,
Nos sens ont pris l'essor vers d'autres voluptés,
Nos cœurs plus rapprochés se parlent, se répondent,
Nos baisers, plus ardens, se pressent, se confondent,
Et dans un songe enfin j'ai connu le bonheur.
Illusion cruelle ! ô réveil plein d'horreur !

Jour affreux ! tout mon sang s'est glacé dans mes veines ,
Je mesure effrayé l'abîme de mes peines :
Prêt à te perdre, hélas ! je veux encor te voir.
Insensé ! dans tes yeux je crois apercevoir
La même expression que leur donnait un songe ;
Mais ta vertu bientôt a détruit ce mensonge.
Tu le veux, j'obéis, je pars abandonné,
Ainsi qu'un criminel à périr condamné ,
De l'arrêt qui le tue accusant l'injustice ;
Je cours, je voudrais être au lieu de mon supplice.
Comme un spectre hideux ton adieu me poursuit ;
Je perce avec effort le voile de la nuit,
Et tandis qu'à regret la lune nébuleuse
Laisse à mes pas pressés une clarté douteuse ,
Jeté loin du sentier par la fougue des vents,
Je m'élance à travers les ravins, les torrens ,
Et, malgré le péril, gravissant la montagne,
Mon œil pénètre au sein de l'obscure campagne.
Je cherche et vois encor debout, dans les vallons ,
Entouré tristement de débris, de glaçons ,
De l'état de mon cœur, ô trop fidèle image !
Le saule qui souvent nous prêta son ombrage.
Hélas ! que n'ai-je pu, m'élançant du rocher,
Du tableau des humains soudain me détacher,

Et, tel qu'un vent du Nord, dans ces horreurs profondes,
Mugir en agitant la surface des ondes?

Je m'éloigne à regret de ce mont orageux.
Près de là des tombeaux l'enclos silencieux
Offre à mes sens troublés des fantômes plus sombres;
Par degrés sur mes yeux s'épaississent les ombres ;
De lamentables cris retentissent dans l'air;
J'écoute et n'entends plus que ces mots : *viens Werther !*
Mes cheveux à l'instant se dressent sur ma tête.
Malheureux, vois le port et brave la tempête !
J'arrive le front nu , sanglant et consterné,
Devant Dieu, devant toi, je tombe prosterné.

Charlotte! ce récit a fait couler tes larmes :
Ah! ne te livre point à de vaines alarmes;
Vois plutôt, effrayé par un songe cruel,
Ton ami s'éveillant au sein de l'Éternel.
Sur le soir d'un beau jour, rêveuse, solitaire,
Si tu viens visiter mon urne funéraire,
Quand tes yeux affligés se leveront vers moi ,
Je descendrai des cieux et planerai sur toi.

Je ne verrai donc plus le beau ciel, la prairie,
Les monts, les bois amis de la mélancolie !

Je n'entendrai donc plus le murmure des eaux,

Le doux bruit des zéphyrs et le chant des oiseaux !

Dieu d'amour et de paix, tu vois mon sacrifice,

A mon dernier désir, ah ! daigne être propice !

Tu sais ce que je laisse en ce lieu de douleurs,

Que le calme bientôt renaisse dans leurs cœurs !


Un silence profond entoure cet azile.

Mortel infortuné, dors d'un sommeil tranquille,

Dors long-temps ; le réveil te rendra tous tes maux.

Tu pourrais comme moi jouir d'un long repos,

Tu pourrais... Mais, j'entends sonner ma dernière heure !

Je vais quitter enfin ma profane demeure ;

L'arme est prête !.. Charlotte ! objet de tous mes vœux,

Pour la dernière fois je te fais mes adieux !...



Imprimerie de SÉTIER, cour des Fontaines, n° 7, à Paris.

www.ingramcontent.com/pod-product-compliance
Lightning Source LLC
Chambersburg PA
CBHW061229090726
47597CB00015B/3927